रंग ए ज़ीस्त

शोमीत साहा

STORYMIRROR
Stories that reflect you

प्रथम संस्करण: अप्रैल 2021

टाइप : कोकिला

ISBN: 978-93-91116-10-1

आवरण रचना: देबब्रत साहू

प्रकाशक :   स्टोरीमिरर इंफोटेक प्राईवेट लिमिटेड,
             १४५, पहला माला, पवई प्लाझा,
             हीरानंदानी गार्डेन्स, पवई,
             मुंबई-४०००७६, भारत

Web: https://storymirror.com
Facebook: https://facebook.com/storymirror
Instagram: https://instagram.com/storymirror
Twitter :   https://twitter.com/story_mirror

समर्पण

मैं इस पुस्तक को मेरी माताजी श्रीमती काजल साहा को समर्पित करना चाहूँगा, जिन्होंने मुझे बहुत सपोर्ट किया और मेरे इस सपने के साकार होने में बहुत योगदान दिया।

इसके साथ ही मैं इस पुस्तक को उन तमाम लेखकों को समर्पित करना चाहूँगा, जिनके ख़ूबसूरत कलाम पढ़के और सुनके ही मेरी लिखने की इच्छा और बढ़ती रही और इसी चाहत को कविता के माध्यम से दुनिया में आगे लाने, और उसके ज़रिये अपने दिल की बातें, अपनी दास्तान, एक अलग अंदाज़ में पेश करने का मुझे मौका मिला।

स्वीकृति

इस पुस्तक के मेरे सपने को हकीकत में बदलने के लिए मैं स्टोरीमिरर का धन्यवाद करना चाहूँगा, जिन्होंने मुझे अपनी कलम को दुनिया के सामने लाने का और अपनी कहानी अपनी ज़ुबानी पेश करने का एक बेहतरीन मौका दिया।

मैं उनकी एडिटोरियल टीम का भी धन्यवाद करना चाहूंगा, जिन्होंने मेरे काम को सराहा और पसंद किया।

अपने दोस्तों का धन्यवाद करना चाहूँगा जिन्होंने न सिर्फ मेरी कविताओं को पढ़ा, समझा और सराहा वरन प्यार भी दिया ताकि मैं इन्हें आगे पुस्तक के रूप में ले जाकर अपने सपनों को साकार कर सकूँ।

प्रस्तावना

यह पुस्तक ज़िन्दगी के हमारे जज़्बातों, तजुर्बों और कल्पनाओं के आधार पर लिखी गयी है।

हम कहते हैं कि ज़िन्दगी हमें कई रंग दिखाती हैं और उन्हीं में से कुछ रंग हमारे जज़्बातों या भावनाओं के भी होते हैं।

ये भावनाएँ चाहे प्यार-मोहब्बत हो, दुःख या तन्हाई हो या ज़िन्दगी के उतार-चढाव से जुड़ी हो या लड़ने वाली हो हौसलों से।

ये भावनाएँ ही हमें कई रंग दिखाती हैं जिनके बग़ैर हमारी ज़ीस्त, हमारे ज़िन्दगी जीने के तरीके और हम खुद अधूरे होते हैं।

यह पुस्तक आपको वह हर रंग दिखाएगी जो किसी भी आम इंसान की ज़िन्दगी में होता है या हो सकता है।

कुछ कविताएँ आपको प्यार के रंगों से मिलाएगी, कुछ रिश्तों की एहमियत से जुड़ी होगी, कुछ तन्हाइयों के ग़म से मिलवाएगी और कुछ आपको जीने का हौसला भी दिलाएगी।

हमारी ज़ीस्त, हमारा वजूद इन सभी रंगों से है, ये सारे रंग हैं तो हम है और अगर न हो तो कुछ भी नहीं।

अनुक्रम

कश्मकश

कश्मकश की ज़िन्दगी दी है तूने

पर उससे मुझे कोई शिकवा नहीं,

ज़िंदा हु मैं तेरे लिए

पर तेरा कोई निशाँ नहीं,

आज भी तड़पता रहता हूँ

तुझसे मिलने के लिए मैं,

कभी अजीब सी ख्वाहिशें कर लेता हूँ

पर तुझे उनसे कोई एतराज़ नहीं,

सपनों में देख लूँ तुझे,

तेरे चेहरे को कई दफा,

आँखें खोलूँ तो तू सामने न दिखे,

कश्मकश में रहता हूँ

बस अपने ही सवालों से,

जवाब जिनके अक्सर दिल के पास भी नहीं,

है यकीन मुझको कि

हुआ होगा प्यार तुझे मुझसे भी कभी,

पर उस प्यार को भी छुपा ले तू मुझ से

गहरे राज़ की तरह,

ये तो तेरा अंदाज़-ए -दिल नहीं...

गुस्ताखियाँ

रूठ के न खुद को मुझ से दूर जाने दे,

मुड़ कर न देखे भी तू एक बार

ऐसा ख्याल भी न आने दे,

न उलझनें बढ़ा मेरी

न दिल यूँ डूब जाने दे,

आँखों में बसी तेरी यादें हैं,

न आँसुओं से इन्हें धुल जाने दे,

नींद में भी कभी,

न इस तरह तड़पा मुझे,

आवाज़ तेरी गूंजती रहती है कानों में मेरी,

खुद को यूँ दूर कर के इन कानों को न तरसने दे,

आज बैठे हैं ख़्वाबों में डूबे

कि कब नज़र आएगी तू फिर से,

साँसों में है क़ैद तेरी खुशबू,

न इन साँसों को यूँ थम जाने दे,

फासले दरमियाँ कुछ कम ही है अब,

पास रह कर भी न कह पाऊँ कुछ,

इन लबों को यूँ न सी जाने दे...

इबादत

गलियों से गुज़रते हैं आपके,
कभी इंतज़ार में, तो कभी ख्वाहिशें लेकर,

ख्वाहिश दिल को क्या होगी किसी चीज़ की ?
इसकी ख्वाहिश तो आप ही से है,

अधूरी रह जाती है कुछ बातें
निराश भी हो जाता है यह दिल,

नज़ारा ढूंढ़ने लगती है ये आँखें
न कोई नज़ारा सच्चा लगे,

क्या नज़ारा दिखाएगी ये दुनिया
मेरी इन आँखों को ?
दिलकश सा नज़ारा मेरी इन आँखों के लिए
तो आप ही है,

इश्क़ का एहसास रहता है
इन फ़िज़ाओं में,
हर वक्त गूंजती है जैसे आवाज़ आपकी,

ग़ौर न करे ये दिल किसी की आवाज़ पे,
गर सुने तो सुने ये आवाज़ आपकी,

कभी सोच में पड़ जाते हैं
कि गर मुक़द्दर न साथ दे हमारा

तो क्या करेंगे ?
कैसी ज़िल्लत सी भरी ज़िन्दगी होगी
कि सबसे मुश्किल मंज़िल गर हो
तो वह आप हो,

दुआ तो करते रहते थे पहले,
आज भी किया करते हैं.

ग़म की परछाई गर छुए
तो छू ले हमें,
खुशियां की बरसात कही हो
तो आप पे हो,

दिल में तमन्ना ज़रूर रखते हैं,
वह तमन्ना और कुछ नहीं
बस मुस्कराहट आपकी हो,

इश्क़ में तो जी लेते हैं सभी यहाँ,
न इबादत कर सके हर कोई,

इश्क़ तो होता इबादत करने से,
दुआ है कि मेरी वह इबादत आप हो...

एहमियत-ए-रिश्तते

नाराज़ न होना मेरी दूरी से,
पास न रहने में भी इक मज़ा है,

मौजूद रह कर भी
जताई नहीं जाती एहमियत,
दूर रह कर बढ़ती जो
दिल में एहसास है....

लम्स

काश लम्स ये तेरा
दवा बन जाये कभी,

तू न पास रहे मेरे अगर,
पर तेरा मरहम तो हो...

तारे-ए-इश्क़

वह पूछे मुझ से कि
तारों में ऐसा क्या है ?
जब दिखे तो फलक
मुनव्वर हो जाए ?

मैंने कहा बस वही,
इश्क़,
जिस से तुम मेरी
ज़िन्दगी मुनव्वर करती हो..

इश्क़

इश्क़ क्या करे हम किसी से,
इश्क़ हमें आपकी निगाहों से है,

ये निगाहें क्यों झुकी है आपकी ?
कब से बैठे थे इनके इंतज़ार में.

न देखे ये हमें इक नज़र
शर्मायी हुई ये आँखें क्यों है ?

हसीं चेहरा ये आपका
किसी का सुकून बन जाये,

न थामे ये साँसें,
थामे तो आपकी खुशबू बन जाये,

सोचे भी क्या तारीफ में आपकी
हलकी सी मुस्कान आपकी
किसी की जान ले जाये,

डूबे न सम्मानदार-ए-लफ्ज़ में हम अभी
ये न हो की आपकी खातिर
हम लफ्ज़ तलाशते रह जाये,

इश्क़ भी क्या करे हम किसी से
इश्क़ तो करते हैं हम आपसे,
दुआ है कि सारी उम्र आपसे हो जाए....

राज़ – ए – दिल

हमेशा पूछती हो मुझसे कि
दिल में क्या रखा है ?
क्या कोई सवाल है इस में
या कोई दर्द सा छुपा रहता है।

मेरे दिल की फ़िक्र
मुझसे ज़्यादा तुझे क्यों होगी ?
मेरे दिल के एहसास से
तुझे क्या डर लगता है ?

ये दिल तो बस
धड़कता है लेकिन,
एहसास इसका
आँखों में छुपा रहता है।

कभी खामोशियों में भी
देखले इन आँखों में गौर से,
इन में और कुछ नहीं
बस तेरी तस्वीर बसाए रखी है...

पर-असरार मोहब्बत

इक आस लगाए बैठे थे कभी,
पानी जैसे बुझाये आग,
वैसे ही मय दिल की प्यास बुझती होगी,

यूँ तो बिता देते हैं शाम तेरी याद में,
ज़ेहन में कभी कुछ लब्ज
तेरे लिए महफ़ूज़ होगी,

बरसों बीत जाते हैं उन बातों को
यूँ तरतीब देने में,
ताकि तेरे सामने इन्हें बयान कर सकूँ,

न जाने तुझ देख
धड़कन-ए-दिल को क्या हो जाता है ?
ज़ेहन में आये शब्द भी
जुबां में आने से पहले ही ग़ुम हो जाते हैं...

देखते हो

लोगों की हसरतों में
इनके छिपे राज़ देखते हो,

भीड़ बढ़ती जाये सैलाब की तरह,
इन में भी लोगों की तन्हाइयाँ देखते रहते हो,

बड़ी बुरी आदत सी है तुम्हारी
लोगों पर नज़र रखने की,

ये बताओ कि मेरे यहाँ होने पर भी,
तुम किस की राह देखते रहते हो..?

नाम

गिन -गिन के तारे काटी है मेरी रातें,
खामोशियों में खो गयी वह सारी अनकही बातें,

महसूस न कर सकूँ खुद में दबे हुए एहसास,
न सुना सकूँ इस शोर में अपने अश्कों की आवाज़,

आज हूँ इस महफ़िल में
सुनाने अपने ग़ज़लों के जाम,
पर मन न माने मेरा
यह बस लेता है तेरा नाम,

न ज़िक्र कर पाऊँ अपनी ग़ज़लों में तेरी मोहब्बत,
पर क़ायम है इन में मेरी धड़कनों की आग,
इसी आग में जलके राख बन जायेंगे मेरे अलफ़ाज़
ये न जाने बग़ौर कि
क्या दस्तक दे पायेंगे ये तेरे दिल में आज,

महफ़ूज़ रखती हूँ अब भी तुझे
दिल में जलती हुई आग से,
बेचैनी में काट के अपनी सारी रातें,

मशहूर ज़रूर होगी मेरी सदाएँ
इस महफ़िल-ए-दुनियाँ में,
न शौक़ है मुझे इस शोहरत का यहाँ,
न फ़िक्र है मुझे किसी नये पैग़ाम-ए-महफ़िल की,

चाहिए मुझे बस
एक सवाल का जवाब तुझसे,
आख़िर क्या दूँ इस आग में जलते
मोहब्बत को नाम ?

तुम्हारे साथ

तुम्हारे साथ बिताये सब पल याद है,
एक-एक पल में गूंजती तेरी हंसी याद है,

कई साल बीते है जुदाई में तेरे,
काटों की चुभन जैसे गुज़रे पल
आज भी याद है,

अब लौट आ भी जाओ पास मेरे,
होंठों को मेरे मुस्कुराना याद आ जाएगा,

बाहों में आ के समां जामुझ में
फिर से,इस बदन को तेरी वह सौंधी सी खुशबू
याद आ जाएगी...

घर पूछता है

वक़्त गुज़र जाता है काम-काज में,
शाम ढलते ही घर पूछता कि
क्या हाल है ?

देर रात हो चुकी हो,
बीत जाती है रात खामोशियों में कभी,
और घर पूछता है कि
क्या हाल है ?

कभी कई वर्ष गुज़र जाते हैं
बिन घर में रहे अपने,
याद तो आ ही जाती है
जब रहने लगे ग़ैर इलाकों में,

सालों बाद जब आये वापस घर
तो बत्तियां जलाते ही घर पूछने लगा
कि क्या हाल है ?

बारिश – तेरी यादों का जरिया

भीग जाने दे मुझे इस बारिश में,
कभी इन बूंदों को तो
तेरा नाम दे सकूँ,

दे सकूँ इसे वो जगह
अपने दिल में,
उस जगह जिस में
मैं तुझे फिर से याद कर सकूँ,

हाँ भीगी होंगी मेरी आँखें,
भीगे होंगे मेरे होठ भी,

पर कभी अकेलेपन में ही सही,
इस बारिश की वजह से
तुझे फिर से मैं अपना कह सकूँ,

क्या फ़ायदा मुझे उस बरसात का
जिस में तेरा एहसास ही न हो ?
क्या फ़ायदा मुझे उस बरसात का
जिस में आती तेरी खुशबू ही न हो ?

हर बूंद जो तेरा एहसास लिखना चाहूँ यहाँ,
कभी एक मौका तो मिले
जहाँ अपनी खामोशियों को
तेरी इन बूंदों में नहला सकूँ,

भले ही कुछ तूफ़ान ये ले आयी हो,
पर फिर भी इक सुकून सा रहता है,

रूठ जाऊँ भी अगर कभी,
ये अपनी बूंदों से मना लेता है,

कैसे खफा रह सकूँ उस चीज़ से
जो तेरी याद दिलाती रहे ?
काश ले पाता मैं इसे आगोश में अपने,
जब तू नहीं तो तेरे एहसास को एक बार
अपनी बाँहों में भर सकूँ...

शायद नहीं

है ख्यालों में डूबा दिल,
उन ख्यालों की वजह
शायद तुम हो, शायद नहीं,

बदलते मौसम में,
बदलती राहों में तेरा रहना
शायद हो, शायद नहीं,

न जाने कैसी कश्मकश
है लायी ये ज़िन्दगी,
बाहर से रहे खामोश
पर अंदर से गहरी सोच से
परेशान रहते हैं,

यूँ बातें सीढ़ी सी होती
तो कितना अच्छा होता,
पर कम्बख्तहालातत ऐसे कि
तेरा ज़िक्र, तेरा नज़ारा
फिर शायद हो, शायद नहीं...

तुम्हारी आहात

आज अर्सों बाद फिर से
तुम्हारी आहट सुनाई दी है,
आज फिर से तुम्हारे होने का
एहसास हुआ है,

आज फिर धड़कनें
तेज़ हुई दिल में,
आज फिर से तुम्हारी इक झलक
देखने का ख़्वाब आया है,

तुम्हारी यादें तो
वैसे ही सताती रहती थी मुझको,
आज फिर से तेरी बातें
याद कर के रोना आया है,

क्यों बेचैन करते हो तुम मुझे इतना ?
कि तुम्हारे पास होने का एहसास तो है
लेकिन तुम्हें छू भी न पाऊँ ?

क्या इतना काफी नहीं कि
नींदों में ख्वाब तो दीखते हैं,
पर आज भी अगर तुम्हारा ख्वाब दिखे
तो मैं सो भी न पाऊँ?

महदूद

महदूद हूँ मैं अपने वक़्त से यहाँ,
काश ये गुज़रता पल ठहर जाता,

तुम बैठी रहती बगल में मेरे,
और एक अधूरा सपना पूरा हो जाता,

काश ठहर जाती ये हवाएं,
चंद लम्हों के लिए और मैं
तेरी खुशबू में खो जाता,

लफ्ज जब तक उतरते तेरे होठों से,
उन लफ्जों को मैं अपना नगमा बना लेता,

ये वक़्त बड़ा बेरहम है,
मुक़ाबला इसके साथ किया नहीं जाता,

दुआ करता हूँ आज भी
तुझसे फिर से मिलने की ख्वाहिश में,
क़ुबूल हो जाये तो
मेरे शम्मा-ए-ज़ीस्त को नूर मिल जाता...

रात, चाँद और चिराग़

ये रात, ये चाँद, ये चिराग़
तीनों अधूरे हैं इक दूसरे के बग़ैर,
इक ख़ूबसूरत शाम बनाने में,

ये इक वस्ल-ए-शाम-अज़ीज़ है,
जहा ये मिलते तो है ख़ामोशी से पर
असर-ए-मुलाक़ात हर शक़्स पे होगी,

ये इक वस्ल है अंक ही बातों की,
ख़्वाबों की, उलझते सवालों की,
जो हर किसी से बयान नहीं की जाती,

है कितना गहरा ये रिश्ता इनका
ये शायद ही कोई बयान कर पाए,

काश ये चंद घंटे रातों के
यूँ खतम न होते,
न करना पड़ता सुबह का इंतज़ार,

बस रह जाती ये शाम, ये रात उम्र भर,
न ख़तम होती कुछ दास्तान-ए-दिलों की,
न और छुपाने पड़ते राज़ तड़पते लोगों के...

काफ़ी है

दोनों जो खड़े हैं यहाँ आमने-सामने

ये इस वक़्त के लिए काफी है,

यूँ अंधेरों में हो रही है

रूह से रूह की बातें,

ये इस वक़्त के लिए काफी है,

हाँ ये खामोशियाँ

बड़ी गहरी हो चुकी है ज़रुरत से ज़्यादा,

बिन कहे ही बातें गहरी हो जाती है,

ये इस वक़्त के लिए काफी है,

अब कुछ आती है तो बस

कुछ सर्द हवाएं खुली हुई खिड़कियों से,

छू के हमें जो रोते हुए खड़े कर जाए,

ये इस वक़्त के लिए काफी है,

अब लफ्जों का होठों से

निकलने का कोई मतलब नहीं,

बे-लफ्ज जो बातें ज़िक्र हुई है इस मुलाक़ात में,

ये इस वक़्त के लिए काफी है....

बे-लौस हुस्न

है बे-लौस तेरा हुस्न महताब की तरह,
तेरी घनी ज़ुल्फ़ों का इसे छुपाना
बादलों से कुछ कम नहीं,

बड़ी देर के बाद आया है
निगाहों के सामने तेरा चेहरा,
देख के जिसे आज
होठों पे एक बात आई है,

यूँ न फेर नज़र मुझ से
इन आँखों को देख
बड़ी देर के बाद
दिल पे एक बात आई है,

यूँ मोहब्बत में मुझे
इतना यकीन न था,
आज तुझे देख कर लगे
कि जैसे बहार आई है,

दिल चाहता तो है आज
तेरी खुशबू में खो जाऊँ,
छलकती महक है जो ये तेरी
मेरे इस फ़ज़ा में,
इस फ़ज़ा के रवैये को देख
बड़ी देर के बाद
एक समा याद आई है...

घर की तन्हाई

यूँ तो खुद तन्हा रह लेते हैं
पर घर की तन्हाई किसे रास आई है ?

काम में बीत जाता है सारा दिन अक्सर,
पर घर में रातों की वह अजीब सी
ख़ामोशी किसे रास आई है,

घर आये जब तो
कभी किसी से गुफ़्तुगू तो हो,
दुनिया की बातें छोड़ो
कुछ अपनी दिल की बातें भी तो हो,

कोई न हो घर में तो
खाली-खाली सा लगता है,
सन्नाटे से छाए इस घर में न जाने
कैसे एक गुप्त राज़ सा रहता है,

यूँ तो बीत जाएंगे दिन तन्हाई में
उसका ग़म नहीं हमें,
राज़-ए-दिल की बातें जो अधूरी रह जाती है,
बस उसी का अफ़सोस रहता है...

सीली–सीली शाम

हाय सीली-सीली सी वह शामें,
अंधेरों में डूबे वह
आँखों से किये बातें,

हाय ख़ामोशी सा वह समा,
ज़मीन से निकलती वह बारिश की
खुश्बू की सौगातें,

याद आता है वह मंज़र आज भी
जैसे कभी भूला न हो,
नींदों से जो जगाती है
वह तेरी यादें,

है क्या मरासिम इस शाम का
फिर से आ जाना ?
या है ये इक इत्तेफ़ाक़ इस मंज़र से
तेरा याद आना ?

है तो ज़िक्र तेरा ही
हर क़तरे-क़तरे में यहाँ,
दो पल के लिए ही सही,
पर क्या मुमकिन है
तेरा यहाँ फिर से आ जाना ?

साँसों की डोरी

इन साँसों की डोरियों को
किस चीज़ से बाँधू मैं ?

है न मौजूद कोई चीज़
यहाँ तेरे सिवा,
तेरी महक न मिले अगर
तो किस एहसास से जोड़ पाऊँ इन्हें मैं ?

है वजूद इनका मोहब्बत से तेरी,
तेरे दिल से न मिले डोरियाँ तो
किस की धड़कनों से
बाँध सकूँ इन्हें मैं ?

ये साँसों की डोरियां
बड़ी नाज़ुक सी है ए महबूब,
हलकी सी हवा के झोंकों से
अगर टूट जाए कहीं,
किस की मदद से फिर से
जोड़ पाऊँ इन्हें मैं ?

काग़ज़

कह के भी कुछ लफ्ज
अंक ही रह जाती है,

कहने की कोई बात हो
अब बस पन्नों पे रह जाती है,

सो जाती होगी ये जहां इन रातों को,
पर लफ्ज-ए-दिल न सोने देती है मुझे,
शब्द जो न होठों से निकले कभी
बस काग़ज़ों में बह जाते हैं,

गुप्त रहती है ये काग़ज़ीन भी कभी
हर किसी को जो न दिखाई जाती,
है ये आवाज़-ए-दिल
जो हमेशा के लिए रह जाती है,

यादों में बसे हर पल की दास्तान
लिखी रहती है इन में,

न समझ सके आज तक कोई,
दिल की मुराद लिखी है इन में,

डर रहता है कभी
कि कहीं झाँक न ले इन में कोई,

बड़े गहरें राज़ है लिखे
जो सीने में दबे थे,
डर है कि इन्हें न पढ़ पाए कोई...

तख़य्युल – ए – अदीब

हर अदीब की आँखों में
एक अलग ही नज़ारा नज़र आता है,

डूब के जो समझना चाहें,
तो और भी गहरा नज़र आता है,

वक़्त बदलते न जाने कितने
नज़ारे दिखाता है ये अपनी तख़य्युल से,

कहते तो है कि शौक़ से लिखते हैं,
पर दिल से अगर महसुस करो
तो अलग ही दास्तान नज़र आती है...

तग़ाफ़ुल

मेरी तग़ाफ़ुल को जरा माफ़ करना,
ज़िन्दगी को समझने में
मुझे ज़रा देर लग रही है,

रोज़ आते-जाते उठाए थे
जो बोझ फ़िज़ूल के,
आज उनसे मिले ज़ख़्मों को
भरने में ज़रा देर लग रही है...

जुनून

आँखों में हज़ारों सपने थे,
दिल में जुनून सा सवार था,

जीतने की आस भी लगी थी,
हार का भी सवाल था,

ज़िन्दगी से न मांगू मैं कुछ और.
बस दिलों में छा जाने का सवाल था,

हाँ शायद ये आख़िरी जंग होगी ये मेरी
इस दिल को भी ये पता था,

पर आँखों में तो भरे सपने थे,
दिल में जुनून सा सवार था,

मरहला-ए-ज़िन्दगी

हर मरहला-ए-ज़िन्दगी में
कहते हैं लोग,

बेबाक हो कर
अपनी ज़िन्दगी का सामना कर,
यूँ हार न मान
बस दिलेर हो कर चुनौतियों को तमाम कर,

लोग कहते तो हैं हज़ारों चीज़ें,
जैसे वक़्त न जाया कर,

पर ए बे-खबर कभी
ये भी तो समझ ले,
यूँ अफ़सुर्द-ए-शक़्स में
इतना दबाव भी न डाला कर....

आईना

आज़माती रही हमें ज़िन्दगी कि
सजा बन गयी,
कोई पास आकर भी न समझ पाया
ऐसे दग़ा कर गयी,

मज़ाक तो सभी उड़ा लेते हैं
देख के नज़ारा हमारा,

कभी आईने में भी झांक कर
देख लीजियेगा जनाब,

आईने में अंधेरों में छुपी
बातें रोशन कर जाती हैं...

आज़माती रही हमें ज़िन्दगी कि

मायूस न कर

यूँ पत्तों की तरह
कब तक झड़ते रहोगे
अपनी ज़िन्दगी के पेड़ से,

हवा के झोंके तो आते रहेंगे हमेशा,
इन हलकी झोंके-ए-ग़म से
खुद को यूँ मायूस न कर

जंग

दिल की बातें सुने या
सुने ज़हन में गूंजती आवाज़ को ?

ख्वाहिशें पूरी करने की तमन्ना
तो दोनों ही रखते हैं,
मसले सुलझाने में भी
दोनों ही लगे रहते हैं

नामुमकिन मसले सुलझाना
दोनों के बिना,
पर फिर भी लगे कि
उनके बीच एक दरार है,

दोनों में रहता है जुनून बे-इन्तेहाँ सा,
पर दोनों साथ मिल पाएंगे कभी ?
बस वही सवाल रहता है,

अक्सर इक जंग छेद जाती है
दोनों के दरमियान,

ज़हन में कुछ,
दिल की कुछ और ही
ख्वाहिशें होती है,

दिल जोश में कहे मुझसे
कि कह दे वह जो तेरे अंदर दबाये रखा,

पर ज़हन कहे सब्र कर,
बयान करने के लिए अब भी वक़्त बचा रहता है,

सवाल वही अक्सर कानों में
गुनती है सौ बार,
कि क्या सब्र कर सकेंगे उस वक़्त तक
इज़हार करने में ?

वक़्त का इम्तहान यहाँ
तो हर लम्हा लगा रहता है,

न फासले कम होते है,
न कम होती है बेचैनी इस हाल में,

जंग तो सभी छेड़ लेते हैं
न कमी होती हैं इनकी,
न ज़ख्म कम मिलते इनसे
ज़िन्दगी की आड़ में,

पर क्यों न सुलझ पाती है ये जंग
ज़हन-ओ-दिल की ?
क्या कभी समझ न पाएंगे
इनके जज़्बात ?
या न मिलेगा कोई हल कभी ?

फ़रेब-ए-आँखें

पानी की बूँदें जैसे बहते
ख़्वाबों को महफ़ूज़ रखना ए दोस्त,

सुना है अक्सर बारिशों में
आँसुओं से भी धोखा
खा जाती है ये आँखें...

ख़ामोशी से मंसूब

खल्वत में ढूंढ़ता हूँ
मैं सुकून अक्सर,
शोर-ए-दुनिया से न है
कोई मतलब मुझे,

काश न रहती ये दुनिया
इतनी बे-रेहम हर वक़्त,
यूँ ख़ामोशी से मंसूब रहने की
कोई वजह भी न होती...

अरमान-ए-किश्त

किश्त-ए-दीवारें इमारतों के
बिखर भी जाये
तो फिर भी बन जायेंगे,

पर एक सवाल पुछले
खुद से कभी,
जिनके अरमान-ए-किश्त
की दीवारें जो तूने तोड़ी हैं,
क्या वह फिर से उन्हें
बना पाएंगे ?

किश्त-ए-दीवारें इमारतों के

एहमियत-ए-हाथ

अजीब किस्म का जादू है इन हाथों में,
कभी मदद करने में फैलते हैं,
कभी देते हैं महफ़ूज़ होने का एहसास,

यूँ नज़रअंदाज़ न कीजियेगा
एहमियत-ए-हाथों की,
जब मुट्ठी बन जाये तो
क़ायनात से भी जंग लड़ जाते हैं...

दुआ न मांग

न माँग मुझसे ऐसी दुआ कि

खुदा से मांगने से पहले ही मुकर जाऊँ,

न माँग मुझसे ऐसी मोहब्बत कि

फिर मैं खुद से भी उतना न पाऊँ,

ख्वाब तो बुनते रहते हैं हर रोज़

पर ख्वाब भी न ऐसे मांग कि

खुद देखने से पहले ही क़तरा जाऊँ

दुनिया अपने ही उसूलों की समानता में बहती है,

न रहती है इसे किसी की ख़ुशी,

न होता है इसे किसी के जाने का ग़म,

डर है मुझे बस इसी बात का कि

इसी समानता-ए-उसूलों में

मैं खुद को न भूल जाऊँ,

चीखें सुनी होगी हज़ारों दफा

इस दुनिया ने लोगों की मदद के खातिर,

न आयी कभी उन के लिए कोई मदद,

न एहमियत रखी इस दुनिया ने

लोगों के जज़्बातों की,

आँसुओं में डूबे रहे इनके सारे किस्से ज़ीक़ात के,

न आयी दुनिया हिफाज़त में इनकी,

न क़द्र की इनके टूटे अरमानों की,

यूँ ही नहीं कटे दिन मेरे इन उलझे सवालों में,

कभी सोचा न था की छोटी सी कीमत भी होगी

नज़र-ए-दुनियां में इनकी,

कि अब लगे की अपनी ही उम्मीदों में खड़ा हो न पाऊँ,

लफ्ज न बचते हैं बयां करने में

हरकत-ए-दुनिया की,

खौफ में बीतते हैं दिन,

बे-सुकून रातें भी,

तू पूछती है क्यों ख़फ़ा रहता हूँ

मैं अपने आप से,

किस तरह बताऊँ तुझे वह चीज़ें

जो मैं खुद से भी न कह पाऊँ,

न मांग मुझसे ऐसी दुआ कि

खुदा से मांगने से पहले ही मैं मुकर जाऊँ,

न मांग मुझसे ऐसी मोहब्बत कि

फिर मैं खुद से भी उतना न कर पाऊँ,

यूँ ख्वाब तो बुनते रहते हैं हर रोज़

पर ऐसे ख्वाब भी न मांग कि

खुद देखने से पहले ही क़तरा जाऊँ...

तिश्नगी-ए-ख़ुशी

क्यों इन आँखों को दर्द इतना
इन्हें भी ज़रुरत है ख़ुशी देखने की,

आँसू तो बहते रहेंगे वक़्त-बे-वक़्त
बाज़ जो न आयी कभी जज़्बात-ए-दिल,

इतनी भी न दे इन्हें
तिश्नगी ख़ुशी की ए खुदा
कि आये अगर सामने भी कभी,
पर तब उसकी प्यास भी न हो...

ख़ुद से तआरुफ़

यूँ शोर-ए-ज़माने में रहना
मेरे फ़ितरत में न था कभी,

कहीं दूर किसी और जमाल-ए-दुनियां में
मुझे फिर से ख़ुद से
तआरुफ़ तो होने दे...

कौन है तू ?

आसमान छूने की जुर्रत रखते हैं हम,
और लोग पूछे कि कौन है तू ?
दिल में जुनून है इन्हें पूरा करने की,
पर लोग पूछे कौन है तू ?

आँखों में महफ़ूज़ रहते हैं ये ख़्वाब,
ले चलते हैं इन्हें दूर कहीं, जहाँ मंज़िल हो,
पर लोग पूछे की कौन है तू ?

रातें है बितायी बिना खाने, पीने के,
नींद न आती है अब तो बिन एक और कदम पास मिलने के,
पर लोग पूछे कौन है तू ?

रेत की तरह यहीं खो जाते हैं कुछ ख़्वाब कभी,
भटक के यूँ ही रुख मुड़ जाते हैं कभी,
कभी सामने न आएंगे ये
मेरी मदद करने केलि ए ये लोग,
और ये पूछे कौन है तू ?

चलते रहे हम अपनी मंज़िल की ओर फिर भी,
ये सोच के कि हँसते भी रहेंगे ये कब तक,

राहें भी मिल जाती थी कभी, मंज़िल के करीब,
पर फिर भी बहुत दूर थी अपनी पहुँच से,
दिल में फिर भी थी उम्मीद,
न होगी न-कामयाब अपना ये नसीब,

मिली भी वह मंज़िल सालों बाद ही सही,
आसमान छू सके हम,
कि तारों से मुलाक़ातें भी,

अक्सर लोग भी हैरान रह जाते हैं हमें देख,
न उम्मीद थी उन्हें मेरे ख़्वाब पूरे होने की,
आज मुस्कराहट है उनके होठों पर,
दिल में मेरे सुकून भी,

ख़ामोशी आज भी रहती है मेरी जुबां पे,
पर मुस्कुरा भी देता हूँ लोगों को देख,
क्योंकि जाने-अनजाने में ही सही
कुछ आज भी मुझसे पूछते हैं कि
कौन है तू..?

गुम है

कभी यूँ ही सोच में डूबे रहते हैं,
सोच जिसकी किसी बात से कोई ताल्लुक नहीं,
पर फिर भी ऐसे लगे कि
खोए हुए ज़ेहन में वह सोच ही गुम है,

ज़माने जो बदले हैं,
ऐसे बदले हैं
जैसे दुनिया में इंसान तो है,
लेकिन अफ़सोस वह इंसान ही गुम है,

गए थे हम वापस उस इलाके पे अपने,
ढूंढ़ने घर अपना,
इलाके से जब गुज़रे तो पता चला कि
अपना घर ही गुम है,

कैसे बताए अपनी पहचान किसी को,
जिस नाम से पहचान थी कभी,
आज लगे कि जैसे
वह नाम ही गुम है,

मजबूर होके जो हम पेशे-ए-मज़दूर बने,
इसी बहाने की कुछ कमा भी ले,
जब आए काम ढूंढ़ने तो पता चला
कि काम ही गुम है,

यूँ आफ़त तो आई लेकिन
हम फिर भी चलते रहे,
मंज़िल का तो पता न था
बस राहें बदलते गए,

लोगों से कभी पूछ लेते है कि
क्यों न परेशान हो हम ?
बेदर्द-ओ-बेरहम से ज़माने में
हर मशक़्क़त ख़ाक हो गई,

फिर याद आया कि
इन लोगों से क्या पूछना,
इनके होठों से निकले जवाबों में
हम से किए गए सवाल ही गुम है...

उम्मीद का दामन

ज़िन्दगी खुद एक लम्बा इम्तहान है,
कुछ पल हालात-ए-मुश्किलें देती है ये हमें,
कभी उनसे उभरने का मौक़ा भी दे जाती है,

यूँ क्यों बैठा है तू मायूस हो कर ?
ज़िन्दगी है ही कुछ पल के लिए जीने की,
ख़ुशी से इन्हें जीने की उम्मीद से
अपने जीने का जरिया बनता है,

मत छोड़ना दामन तू अपनी उम्मीद का,
कल अगर हारे भी थे तो क्या हुआ ?
आने वाले कल के जीतने की चाह से
जुनून बना रहता है...

हम सानी नहीं

माना की सानी नहीं है कोई इंसान,
हर शक़्स का ख़्याल अलग होता है,

हर चीज़ देखी जाती है अलग नज़रियों से,
राह हर शख़्स की अलग होती है,

फिर क्यों होती है इम्तहान
हर किसी की सानी की तरह ?
हर शख़्स का अक़ीदा अलग होता है,

तू क्या समझेगा बेखबर ज़माना,
दिल में बसे अरमान
हर इंसान के यहाँ अलग होते हैं...

मुझ में और हिम्मत नहीं

मुझ में और हिम्मत नहीं

की तुझे नज़र-अंदाज़ कर सकूँ,

अब हालात है ऐसे

कि बिन लफ्जों के बयान कर सकूँ,

है कैसी ये चुभन ख़ामोशी में भी,

काटें निकाल कर भी

ज़ख़्मों का कोई इलाज न करा सकूँ,

कैफियत-ए-माहौल यहाँ अचे दीखते ज़रूर है

पर है नहीं,

न पूछ मेरे कैफियत-ए -ख्यालों की,

सवाल-ए-दुनिया का मैं क्या जवाब दूँ,

सवाल-ए-ज़ेहन का ही तो मेरा कोई जवाब नहीं,

बहुत कोशिश की मैंने बताने की

तुझे सारी बातें शब्दों में,

फ़क़त कुछ पल ही लगते मुझे उस के लिए,

पर तेरी आँखों को देख

हौसला न जुटा सका कि इस

अब्र-ए-खामोशी को मिटा सकूँ,

है तू रूठा मुझसे ये मालूम है मुझको,

है परेशान तू हरकतों से मेरी ये भी पता है मुझको,

वक़्त रेत की तरह न फिसलता
तो शायद समझा भी पाता,

यह इक सोज़-ए-क़लक़ है
जो जलाती रही मुझे,
जिससे लड़ते रहने कि
मुझ में और हिम्मत नहीं...

आबरू

अपनी आबरू बचाने केलिए
क्या कुछ नहीं करते हैं लोग,

कभी लड़ जाते हैं दुनिया से,
कभी किसी महफ़ूज़ जगह
छुप जाते हैं लोग,

कभी आवाज़ उठाते हैं
आवाम को जगाने,
कभी ख़ामोशी से
चुप रह जाते हैं लोग,

क्यों होती है ऐसी लड़ाई
जिसका मतलब कोई समझे न ?

क्यों छेड़े हम किसी की
आबरू को यूँ ही ?
जिसे उम्र लग जाती है बनाने में,
पर जब मिट जाये कभी
तो कोई साथ दे न....

दर्द – ए – बेरोज़गार

किसी बेरोज़गार को देख दुनिया सोचती है,
इसे अपनी ज़िन्दगी की कोई फ़िक्र नहीं,
ये तो बस अपने बाप के पैसों पर ऐश
करता है,

इस बेरहम दुनिया को क्या खबर,
कुछ बेरोज़गारों को किस दौर से
गुज़ारना पड़ता है बेरोज़गार
चंद पैसों के लिए अपनी सारी चाहतों को
क़ुर्बान कर देते हैं, फिर भी दुनिया
पूछती है उनसे,
तुमने आज तक क़ुर्बान किया क्या है ?

दो वक़्त की रोटी नसीब हो जाये
इसीलिए हर रोज़
कोई भी काम करने लग जाते हैं ये,
फिर भी बेरहम दुनिया पूछती है उनसे,
तुमने आज तक किया क्या है ?

अपनी सारी ख्वाहिशें दाँव पे लगा दी
ताकि परिवार को सहारा दे सके,
फ़िर भी ये बेरहम दुनिया पूछे,
खुद के सिवाए, दूसरों के लिए
तुमने आज तक किया क्या है ?

सलाह-मशवरा देने के लिए तो
हर कोई बैठा है यहाँ,
पर जब कहे उनसे कि
उनकी सलाह काम न आयी अपने
तो पूछती है दुनिया
तुम में इतना गुरूर क्या है ?

लाखों अरमानों का गला घोट के
आ जाते हैं दूसरे शहर-ओ-मुल्क
खुद को संवारने के ख़ातिर,
फिर भी बेरहम दुनिया पूछे
तुम्हें उस जगह से रजा क्या है ?

लुट जाते हैं ये हर रोज़,
कभी लुटाते हैं ये अपनी ज़रूरतों पर,
खुद को क़ुर्बान कर देते हैं ये
ताकि इनके परिवार महफ़ूज़ रह सके,
फिर भी ये बेरहम दुनिया पूछे इनसे,
तुमने आज तक क़ुर्बान किया क्या है ?...

सोच-ए-ज़माना

यूँ लोग सोच में डूबे रहते है कि

हमारा क्या हो जाता है,

न मदद आती है कहीं से,

न कोई बुरे वक़्त में

कोई रह जाता है,

क्यों निभाए हम ज़माने की रस्में,

न निभाके भी क्या जाता है,

न फ़िक्र रहती है किसी को हमारी कभी,

पर इन्हे बे-फ़िज़ूल की सलाह देने में क्या जाता है,

हर रोज़ एक नयी जंग लड़ते रहते हैं,

बेरहम दौड़ सा गुज़र जाता है,

यूँ लोग सोच में डूबे रहते है कि

हमारा क्या हो जाता है,

ख़्वाबों को दिन-ब-दिन खिरमन करने में लगती है हमें,

साल-ब-साल बस इन्हे हक़ीक़त बनाने में लग जाता है,

ज़माना बोले अब बस भी कर ये जूनून-ए-दीवानगी,

पैर ज़मीन में रखने में

तेरा क्या जाता है ?

बिन सोये कटी है रातें

यूँ ज़माने से लड़-लड़ के,

अक्सर दिल में एक दर्द सा रह जाता है,

हम रोये भी अगर टूट-टूट के,
ज़माना बोले कि
इसमें ऐसे रूठने से क्या हो जाता है ?

हर रोज़ एक नयी जंग लड़ते रहते हैं,
बेरहम दौड़ सा गुज़र जाता है,
यूँ लोग सोच में डूबे रहते हैं कि
हमारा क्या हो जाता है,

यूँ आग के दरिया में डूबे
तो भी आ जाती है इनकी शिकायतें,
न है ज़माने को खबर समाज की,
न इल्म है सुकून-ए-इंसान का,

क़ाएदा-ए-जीने का जितना भी इल्म हो हमें,
बातें हमारी नकारने में इनका क्या जाता है

बाज़ न आयी हरक़तों अपनी ये ज़माना,
पर इन्हे बेवजह मुर्शिद बनाने में
क्या जाता है,

शिकायत हमें भी रहती है ज़माने से,
वक़्त-ब-वक़्त ज़रूरतों की लकीर
पार कर जाता है,

न समझ पाया ज़माना हमारी एहमियत,
यूँ ज़िन्दगी मेरी तबाह करने में
इनका क्या जाता है,

हर रोज़ एक नयी जंग लड़ते रहते हैं,
बेरहम दौड़ सा गुज़र जाता है,
यूँ लोग सोच में डूबे रहते हैं कि
हमारा क्या हो जाता है...

जब पूछा खुद से

जब पूछा मैंने खुद से कि
आखिर शोमीत तू चाहता क्या है ?

क्या है तेरे ज़ेहन-ओ-दिल में,
आखिर तेरी खुद से लड़ने की
वजह क्या है ?

जवाब में जो मिला
वह बस ख़ामोशी थी,
ऐसी ख़ामोशी जो बे-लफ्ज
सब कुछ कह गयी,

इशारों से ही सही
पर मानो जैसे सारा दर्द
बयान कर गयी,

फिर से खुद से ही कहने लगा
कि शोमीत,

चाहता था की ज़ीस्त में अपनी
थोड़ा सा सुकून हो,
सराहत-ए-ज़ेहन हो मुझ में,
दिल को फिर से
धड़कने की चाहत हो,
काश ये दुनिया समझ पाती ये बातें,
शायद ज़िन्दगी जीने में थोड़ा सा वजूद हो...

अपने आप को पहचानो

तमाम उम्र बीत जाती है
ज़िन्दगी को यूँ समझने में,
सफर ज़ाया रह जाता है,
सही वक़्त का इंतज़ार करने में,

एक बार तो अपने आप में
झांक के तो देख आईने की तरह,
शायद तेरा अक्स तुझे आज भी
नहीं पहचानता है,

दुनिया को बदलने से पहले
उसे थोड़ा जान तो ले,
दुनिया को जानने से पहले
अपने आप को पहचान तो ले,
एक वक़्त आएगा जब पूरी कायनात
सवाल उठाएगी तुझ पर,
तेरी नीयत पर,
उस वक़्त के आने से पहले
अपने ज़मीर को पहचान तो ले...

खर्च कर दिया

खर्च कर दिए हमने खुद को
दूसरों की खातिर,
न था हमें वक़्त का अंदाज़ा,
न की अपने जान की फ़िक्र,

लुटाते रहे हम खुद को
ताकि उन्हें महफ़ूज़ रख सके,
और बद-हाल में डूबते रहे हम,
अपनी खून-पसीने बहाते हुए,

बहुत कम ही है ऐसे शख़्स है
जो मशकूर होंगे हमारे करामात से,
वरना ये ज़माना तो पल भर में भूल जाये
ज़रूरतें जो है पूरी होते हुए....

खर्च कर दिए हमने खुद को

क्यों कहूँ मैं किस मिट्टी का बना हूँ ?

क्यों कहूँ मैं किस मिट्टी का बना हूँ ?
है किस चीज़ से मतलब मुझे ज़िन्दगी में,
क्यों कहूँ मैं खुद में ही क्यों उलझा हुआ हूँ ?

है कुछ लोग खुश-मिज़ाज के
मुझे खुश करने वाले,
कुछ ग़मज़दा मुझे
ग़मगीन करने में लुत्फ उठाने वाले,

है कुछ लोग मेरे लिए
दुआ करने वाले,
कुछ मुझसे मेरी खुशियां
छीनने में चुस्त,

है मुझे तजुर्बा अब तो इंसान के
हर रंग-रूप से यहाँ,
क्यों कहूँ मैं इतना तन्हा-राही क्यों हुआ हूँ ?

है हर पल जैसे
उन्हीं रास्तों का नया दरिया,
दरमियान जिनके शामिल है
लोगों के रवैयों के बून्द,

इम्तिहान लेने आते हैं
इक नए अंदाज़ से मेरे मिज़ाज के,

चलते जाते हैं जब देखे

मुझे परेशानियों में धुत,

हाँ है कुछ शख़्स जो शायद

मुझे बचा भी ले इनसे,

शुक्रिया तो करूँगा मैं उनका,

पर क्यों कहूँ मैं इतना

संभल-संभल के क्यों रहता हूँ ?

काश यह दुनिया

ख़्वाबों की तरह होती,

कुछ चीज़ें शायद

आईने की तरह साफ़ होते,

ख़ालिस तो हम भी नहीं यहाँ,

नियातें-ए-लोगों के ही कहाँ होते,

आईने भी टूट जाते हैं जब

टकराये किसी चीज़ से,

इतनी भी अगर समझ होती

तो दिल भी न टूटते,

ताने मारने और अफवाह फैलाने में

लगे रहते हैं लोग

जब बस न चले इनके मुझ में,

हर पल चाहे ये

की बिखर जाऊँ पूरी तरह से

और उभरने की ताक़त भी न रहे मुझ में,

फिर भी चलता रहता हूँ मैं बे-तवज्जोह

अपने मंज़िल की ओर,

शायद खुद पर यकीन

फिर से कय्यूम कर सकूँ,

पूछते है वह मुझ से की

किस बात का गुरूर है मुझ में,

किस लायक मैं की

ज़माने में अपना नाम कह सकूँ ?

खामोश खड़ा रहता हूँ बस सामने उनके,

आँखों से सारी बातें कहते हुए,

नासमझ जो न समझ सके

मेरे हौसलों की ताक़त,

क्यों मैं आखिर कहूँ उनसे की

किस मिट्टी का बना हुआ हूँ ...?

सहारा है

है गहरी सी सोच ज़ेहन में,
आँखों में जैसे
सवालों का साया है,

ज़ुल्फ़ों से खेलती जाए ये उंगलियां,
होठ जैसे थरथरते हुए
सुरागों का मारा है,

है टिकी नज़रें यहाँ
दुनिया की हरकतों पर,
समाज अगर नकार भी दे
तो दिल जुनून का सारा है,

ये ख़ामोशी जो है ज़ुबान पे
वह कल नहीं होगी,
ख़्वाब बड़े ज़िद्दी है
जो पूरा होना चाहें,
जिसका और कोई नहीं
सिर्फ सब्र-ओ-वक़्त का सहारा है...